徐明明　著

吟夢詩存

秀威資訊科技

徐明明詩詞手稿

沒有雲開　照樣月潔
——《吟夢詩存》序言

　　夫君明明素喜吟哦，亦好詞章。凡人生之進退得失，國運之安危起落，民生之艱難困頓，風風雨雨，念念在心，低吟淺唱，血淚交融。在歷史與現實的交替嬗變中，詩歌成為他的生命觀照和靈魂的救贖。尤其是中國古典詩詞於他來說，是一種感情的烏托邦，是他終生療傷止痛的良藥。他希望以他的嘔心吟唱，證明詩對人生的力量。以至每當流連於湖山勝蹟、志士雅會、投贈酬酢之間，無不傾注他的獨立人格，苦難意識和抗爭精神。並在無可避免的困境之中，迎向自由之光。這種見性見情，見仁見義之魏晉風骨與狂狷，正是一個文人道德良知對世態冷暖的度量，也是他在艱難歲月中，歷盡煎熬而萌生的歷史責任。

　　對詩歌而言，不同的時代流不同的眼淚。在這個本無詩意的時代，明明以其始終一貫的詩歌創作，書寫著

一個時代的個人史。卷中呈現詩人的一些生活斷面，或從容或激越，或傷懷或歡欣，或浪漫或暗淡，這些即時產生的片斷拼貼出社會轉型期的時代風貌。以詩論史，可清心智，竊以為有其留存於世的文化價值和意義。

閒集佳句寄青雲，偶得新詩贈友人。這本自「文革」始，至改革終，歷時四十餘年的舊體詩稿。幾經躊躇，終於在好友邵建君和臺灣秀威出版社主編蔡登山先生的關注和幫助下，即將問世。此舉對明明這個一生飄零多夢的人來說，遂了遲暮之年的一大心願，也聊慰他平生青雲不墜之志矣。

明明年方耳順，卻飽覽世間滄桑。春榮秋謝，貴賤寵辱，紅塵冷眼，感慨良多。歷史的風雨蒼茫已內化成他個人際遇的精微之光。舉凡卷中一詠一觴，乃是他一生的心性，性情和寄託，牽心掛腸的又常是不同時代以及同時代中不同人的悲歡離愁。概言之，歷史的蒼茫煙雲，綿綿不絕的文化心脈，家國滄桑和個人命運的交錯留影，疊映於或沉靜或古雅或激昂的吟哦間。精騖八極，神遊萬仞，生活的風刀霜劍已把他的心體磨礪得晶瑩澄澈，通體光明。

紙上的文字案頭掌間可讀，紙後文心悟得尚需時日。沒有雲開，照樣月潔。也許是我早年喜歡中國格律詩詞的形式美、音韻美、意境美，也許是我想像力初啟的雙眼望著窗外天空浮雲的種種幻象，也許是一種情緣。我時常伴隨明明那不羈的靈魂，一面高飛一面吟唱，似星光銀亮，像山巒起伏或海浪潮湧綿延不息。自此我更愛戀古典詩詞的優美韻律，即使是最絕望的詩也似有一股堅韌的生命力。善心隨緣，曾在生命某個飄浮的年月，聽到一些聲音，看到它的意象，把心拴繫其上，自此再不言捨棄。

馬穎南 寫於南京城西「吟夢居」
二〇一一年元月

吟夢居主人述略

　　余四八年歲末出生於雲南昆明。是時，天地玄黃，風雲劇變。至五一年隨父母遷居江蘇無錫，自此家道中落，境況愈下。逾十載，余考入無錫一中。刻苦向學，文冠其軍；書生意氣，激昂青雲。四年後，「文革」發生。其時，墨遮明月，東風嗚咽；國亂歲凶，斯文掃地。翌年離校，即遭遇三年亦農亦工，時北時南之飄泊生涯。嗣後則以探究體制流變為職志，以筆耕授業為營生。雖時乖命蹇，艱辛備嚐，卻志行特立，向以清雅散淡為樂。八二年春，時年卅五歲，娶本地女子馬穎南為妻。此女才情兼備，清嫻自潔，善書顏體榜書，余甚鍾愛。育一子，名跋騁，溫文爾雅，品學兼優，酷愛當代繪畫藝術，現就讀中國美院油畫系。

　　余出身名門，祖籍江蘇宜興。史載高祖徐溥，狀元及第，官至崇禎朝首輔大臣。後辭官回鄉，在宜城建牌樓，造祠堂，盛極一時。祖父徐小帆，中光緒十五年己丑科舉人。因無意仕進，以嘉言懿行昭彰故里。先父徐

兆麟，字宗澤，早年以文名卓望謀職於雲貴軍界。五〇年歸隱市井，一生肺疾纏身而享八秩高壽，蓋其內心安靜，與世無爭之故也。先母吳氏榮華，丫角之年貴為富家千金，通曉詩文，婚嫁後深明大義，含辛茹苦，以專精相夫課子譽為方中美範。

　承家學緒餘，余少有異志，弱冠即好詩翰文章，博覽群書。稍長，遊履漸遠，更習文史博物，書畫鑒賞。稟賦奇秀，性耿介不群，貞烈有節慨，故時遭物議。人生之行可謂途路蹇澀，血淚凝鑄，飄萍逐絮，寂寞人外。縱有高懷美志，也為日月所淹，銷磨殆盡矣。八六年，奉調市府人事局，任辦公室秘書兼市人才學會常務幹事。以無政治信仰，復累官場文牘，三年後請歸教席。遂無黨無派、無宦無仕，終老布衣。

　大道無欲，藝中有樂。人不進乎斯境，焉可得而知之。世固囂濁，有情輒貴；物無長弱，遵時則盛，推己而及人，此則謂藝通於道也。余熟誦典籍，宜有心得；默觀世事，自成精義。舉凡周秦漢唐，青銅古陶；宋元明清，瓷器雜項，書畫碑帖，無不涉獵。與此同時，和友人合作主編《無錫名人辭典》數卷。並陸續撰寫〈光緒帝贊助戊戌變法的動機及其作用〉、〈無錫近代人才

群體成因初探〉、〈武訓評傳〉、〈黃賓虹、潘天壽審美人格異同論〉、〈江南地區先秦考古學綜論〉等文章。空言喋喋，無補時艱，聊慰平生耳。

余一生飄零多夢，襟懷標峙。慨人海奔走，年光蹉跎，所志所事，百無一就，攬鏡自省，能不悲慚！時至二〇〇二年秋，眼疾劇發，幾近失明，數月後治癒，然不能久視。嗚呼！一介書生自此拒絕閱讀，其痛如斷肝腸。今年屆六旬，經此劫難，情性漸趨淡泊寧靜。嘗獨步自謂：消磨傲骨惟長揖，洗發雄心在半酣。哀哉！

儒者立命之方云：「君子居必擇鄉，遊必就士，所以防邪僻而近中正。」無錫西枕惠山，南臨太湖，鍾靈毓秀，人文薈萃。余幸生茲土，得蒙沾溉，倏忽間虛度五十餘載。及至暮年舉家遷移南京，蟄居城西莫愁湖畔。一泓碧水，滿園花樹，諸友雅會，談藝論學，其樂融融。然獨坐寂然，輒有所懷，苟居塵囂，身與強融而心欲遠之。聚散有時，物化人歸，俯仰天地，悲欣交集。悵悵不盡之意，唯祈晚景時和歲豐，平安無恙矣。

二〇〇六年五月　徐明明謹述

明心見性篇

　　伏以榮枯為本，形氣為人；紛紜乍興，邪偽縱橫。庶持身以介足，將種玉而耕心。袖裏千山，梅英疏寂；臆中七略，結案有燈。山河未易，佇清寒而懷遠；風景已殊，關蕭瑟而知春。

　　予嘗觀於古人，聖哲韜光，達者輕名；仁智者樂，虛篤者清。江河其志，湖海其襟。藏穎於未遇，修身而躬行。安貧賤而忍辱，恥趨拜以逢迎。順陰陽之嬗變，知倚伏之相生。庶得時以兼濟，亦澹然而弗驚。無慍無喜，不忮不爭，乃流聲於斯世，復千古以垂名。

　　嗟哉！何此生之不長安於斯，其天道之欺我乎？求積行以進藝，遂負笈而遠遊，睇京城之路邈，踚華嶽之秋涼。對昏鐙而獨寐，恨襟懷之未開。青山漸老，紅葉堪留，往者已矣，來者不休。接萬里之空闊，吟長詩以自酬：天地自悠悠，吾心亦悠悠。

　　噫！萬物生於茲世，盡碌碌機心。江湖雖闊，獨罕知音。登瓊台而詠歎，期百歲之簫琴；忽行雲之竟去，遽負我之高吟。感吾身之既有託，曷遑遑兮復飄零！

　　嗚呼！曠達物外，其惟陶莊乎？寄跡形骸，其惟文章乎？柔毫醮雪，窮灑尋常之苦味；淡墨凝煙，盡陶方寸之疏狂。在詩在酒，在雪在霜，在阿在藪，在梓在桑，敢謂秋葉夏蟲，其如懸冰何？

時壬午正月梅開時節　　明明志

自　序

　　詩詞一道，研習宜漸深漸專，興會則可遺貌求神，遺辭求氣。然世人之悟，各各不同，茲才情所限，未易入其肯綮。何妄言窮究其隩矣。

　　余本為江南士紳子弟，遭逢亂世，身履血火，幼失所學，故頑鄙不知世情。及弱冠，遊履漸遠，始稍稍近乎君子之側，聞其緒餘，知有古今。於是沉耽風雅，浸潤詩書，長自得無悶，不思飽暖。孰意迕世侵深，宛如隔代：棹一葦而放任，援七弦以琮琤；敲玉溪之殘句，續白石之遺聲。林泉佳處，可托體於丘壑；魚雁多時，或附書於故人。言輒忘情任筆，興會神馳，行若不可遏、凝若不欲流，而蕭散磊落之氣，冥冥然發乎肺腑也。

　　環顧歷朝詩家卓望諸子中，予偏嗜李義山、後主、易安三家。尤獨鍾愛義山詩，其才氣襟抱逸出眾表，詩風綺麗穠豔、涉想奇絕、聯類取譬、幽美雋永。七律之俊朗，對仗之工，不著刀斧，泂侗儻才子，抗志從容，冠絕唐季。律詩之婉轉可人處，實不遜詞。然詞亦有

別：鋪張陳情，長調足任矣，若求其意趣，則唯小令是長耳。詩詞亦各其美也，要須不泥一徑，適性是施。誠能兼其所有，則何樂如之。

吾之才德，洵不逮先賢遠甚，猶有厚學廣見之識，輕夫一技之獨善。欲效先賢偉智長才之雋，心開異途，墨濡奇境，獨出手眼，良有大修焉。於是一燈一酒，一卷一詩，內無迷於心智，外無惑於榮衰，全性養心，抱樸守拙之謂庶幾矣。

壬午正月梅開時節　明明志

吟夢居主人徐明明近照

徐明明、馬穎南夫婦

目次

一九六七年

無家別二首

一

燕巢蟄居數十年，如今屋破遭流離。

四海無家蜉蝣夢，光陰荏苒望故里。

二

荒郊野渡出虎口，一宿青燈自可愁。

流落風塵斜雨裏，書劍兩行寫春秋。

北國鄉村渡口一瞥

岸畔幾人家，孤舟繫水涯。

秋風飄木葉，颯颯浪飛花。

異鄉山居春興

日暖花融草滿汀，耳熱酒酣柳色青。

枝間翠鳥鳴求友，淵底蛟龍陟負萍。

異鄉光陰任荏苒，天下高士難訪尋。

感時對景情何極，思親悲來淚涕零。

世　道

世道復何如，南北遠索居。

蠟炬支殘淚，囂城攬夜眠。

日永將愁遣，春歸奪夢先。

榮枯爭咫尺，滿眼一丘墟。

思　鄉

故鄉春歸了無涯，干宵野哭走百家。

五更悵望留孤枕，猶如殘燈照落花。

無 題

炎涼春秋更，干戈遍國中。

唇槍定是非，舌劍論功罪。

日坐愁城裏，夜臥幽廬中。

盼得重陽日，千語話知己。

一九六九年

戲言江青

帝都紅影星，翩翩舞蠻來。

江山窺隱見，雲物指點回。

文藝開棋局，罷官得獎盃。

春光滿吳楚，萬里一登臺。

示故園親友

梧桐葉落鎖窗門，鳥棲高枝夜正深。

抬頭未見天上月，俯首盡書胸中文。

流淚眼酬流淚眼，斷腸人憶斷腸人。

可憐春殘百花落，更堪杜鵑啼斷魂。

一九七〇年

無　題

自有詩才自不知，少年愛讀義山詩。

襟抱未開錦瑟在，百端難語尋舊師。

自　況

今年徹底貧，不復具一囚。

日高對空案，腸鳴轉樂軸。

寒梅忽已花，老筍欲成竹。

平素飯蔬食，至此也不足。

一九七一年

春夢吟

五年一覺棲崇嶺，但願長醉不用醒。

豐草綠縟花也睡，佳木蔥蘢鳥正鳴。

遇興高歌詩百首，等閒再倒酒一盅。

潛夫自有孤雲伴，可要王侯知姓名。

鳳凰臺上憶吹簫・和元東

湖海飄零，秋來愁重，衡陽忍對斷鴻。讀四詩哀絕，異筆同形。

羈旅人人有恨，不似我，歲歲愴情。念去路，渺渺不明，簌簌霜生。

相逢，夢已零星，二三點韶華，流水朝東。歎八千雲月，塵土功名。

我讀青史欲絕，更哪堪，風露寒冰。今方信，何能匹夫，時事英雄。

一九七二年

中秋望月

晶瑩白玉盤，溯源知何年？

不向屋簷就，獨浴一天寒。

好高人愈忌，過潔世同嫌。

誰憐桂華單，竟夜伴書眠。

一九七三年

春日偶感寄同窗

文罷凝神思同窗，未及十年盡參商。

當初多少學故地，如今幾個話衷腸。

誼重不隔山河遠，情深何懼日月長。

喜看青青一隻雁，來往報安錫惠崗。

讀元東兄題照七絕，感而賦此

雙照含愁一絕新，幾番細視幾番吟。

啼鵑帶血衷情在，哀鴻寄書熱淚頻。

巍巍鍾山始感重，茫茫太湖結誼深。

願為管鮑刎頸交，不作章台贈柳人。

馬山村居隨筆

每欲出門怯路滑，桑樹成蔭接鄰家。

陣陣清風掃籬圍，濛濛細雨潤桑麻。

晨雞聲響喚旭日，炊煙繚繞送落霞。

田疇稚子歸來晚，柳塘村婦呼睡鴨。

寄友病榻

遙知病魔犯君身，助時無計愧偷生。

眼前猶見掙扎狀，耳邊如聞呻吟聲。

日不進食肝欲斷，夜難入寐淚尤傾。

何日長鷗重伸翅，萬里鵬程談堯舜。

題贊香山先生雲山圖

吾師雲山圖，磅礡書春秋。

一收天工作，三日不移目。

墨飛北溟魚，筆殺中山虎。

始知丹青力，能令鬼神伏。

浩瀚雲天界，杳冥川山谷。

紫靄繚繞松，傲然數峰突。

豁達激方寸，迴曠感五腑。

縹緲凝七魄，蒼茫醉雙目。

泰嶽望朝日，不及毫端木。

廬山訪仙洞，怎抵雲山圖。

浩氣沖日月，雄姿震千古。

感師傳神筆，稱頌草此書。

一九七四年

思　友

秋被寒菊抵死摧，今年秋向去年回。

跋馬望君非一度，冷猿孤雁不勝悲。

感深秋梧桐

韶光易逝冬將至，青葉飄落奈何之。

喜得根深體固在，抽芽開花待明時。

幽夜書憤

天寒地凍風敲窗，小樓獨坐伴燈光。

柔紙鋪成愁千片，鐵筆流出淚百行。

尋真未遇災先降，跨鶴無成身已傷。

何處又聞犬吠聲，忽高忽低摧斷腸。

行路難

走盡崎嶇路幾回，寸心久欲濟滄海。

詩書不譜平生志，天地偏賜一身悲。

月明霜淡人皆睡，影薄燈殘我難寐。

遙憶夢中多少事，杜宇一聲肺腑靡。

憶南陽元東兄嫂

恩絕書斷幾周星，身世飄浮水上萍。

鼓泉山月成舊夢，梁溪風日度蒼生。

常恨人生春不復，猶愧鵬翅展未逞。

每憶兄嫂整衣處，心悔神悲淚沾縷。

寓中歲晚遣懷寄呈南陽諸君

一

離眼已無寐，更堪孤寂恨。

欣喜函如故，惆悵人不逢。

三更夢正遠，七載道未靖。

琴書聊寄傲，浩歌待東風。

二

愁眼已入夢，更堪衰病中。

蕭蕭窗竹影，嗚嗚水禽聲。

捶胸民方急，四顧虜未平。

一身那敢計，雪涕為時傾。

一九七五年

浪淘沙・答元東

　　手捧甲寅稿，能禁嚎啕？一聲低也一聲高，為報肺
腑血淚訴，何忌人嘲。

　　夜深幾時了，殘月樹梢。魂魄繞君君知否？盟鷗即
為斷腸雁，忍將君拋！

謝春池

少歲出廬，曾是壯懷如虎。雲路漫，長驅入塵，看落花無數。歎流光，竟成虛度。

雕鵬墜地，歷盡世間孤寂。恨梁溪，銷溶傲骨，舴舟飄搖。況風波不止，這情思，訴與誰知。

秋題金陵莫愁湖

閒入莫愁湖，迤邐信步走。
餐風望月閣，飲酒勝棋樓。
紛紛紅葉墜，點點征人淚。
莫愁知何去，空餘一湖秋。

夜書頤和園

晚入頤和園，迴目視八方。

山水靜悄悄，天地何茫茫。

金獅守門庭，銅牛伏岸上。

玉泉屹對面，萬壽臥右旁。

瓊樓影綽綽，玉液波漾漾。

林深鳥自語，夜闌花更香。

麗景鎮吳楚，珠姿壓瀟湘。

無奈驚世跡，卻對愁客腸。

山色因心遠，泉聲入目涼。

不見起鸞鳳，認看戲鴛鴦。

徘徊紅廊下，輾轉綠水旁。

肺腑覓不得，獨覽情更傷。

題詠十三陵

陡峰入削戳碧天，綠水橫溢滿山前。

陵排遠近十三座，松經風雨五百年。

瓊樓望斷人眼醉，地宮走盡客膽寒。

千古是非憑誰定，一派風物萬代傳。

感寄香山畫師二首

一

寶函一封屏六張，足令遊子樂如狂。

平生未曾開凡眼，今朝疑是入仙壤。

奇境造險南極地，天趣橫溢瑤臺上。

不是畫師得意作，焉得神筆千秋揚。

二

青綠華滋屏六張，一躍廳牆滿屋香。

園開妙跡鶯花海，客醉東風翰墨場。

雲山潑成千堆翠，松柏染出幾痕霜。

斷橋平湖誰人渡，許子白娘共彩舫。

故宮今日

客子誰令遊故宮，長廊短階步履匆。

東西宮裏今冷落，南北殿中蒲空庭。

瓊樓玉宇徒耀眼，珠寶猶存人無蹤。

當初豪華誰能記，後花園中不老松。

無　題

高臥幽廬中，經年不染塵。

哀樂迫中年，遲春入夢境。

螞蟻上大樹，猢猻稱人君。

是非憑誰定，詩書仔細論。

一九七六年

十年浩劫

十年悲歌慟天地，半哭蒼生半哭己。

傲骨如我世未奇，嶙峋卻見此支離。

書　生

椎心泣血英雄種，伏案斗室濟世窮。
聽風聽雨聽驚雷，一瓣心香祭蒼穹。

山居夜讀

萬籟俱寂獨自醒，夜讀史書過中巡。
梅竹義士追佳思，才人雄圖化佛經。
二三星斗胸前落，十萬峰巒腳底青。
班生不遂封侯願，多少風流待再吟。

三十初度感事寄懷

小借人間旅，屈指三十年。

只因性方剛，坎坷難測夷。

許國不謀身，頻連遭挫陷。

左支復右絀，何以呼直言。

此身疏閒逸，豈容邪惡欺。

激流滔胸中，凜風侵單衣。

天地存正氣，矢志不偏移。

一朝展鵬翼，血淚寄轅軒。

丙辰感事奉贈孔香山八十韻

江南少年客，春日返故園，

誰令三生幸，與師會鼓泉。

拜謁常抱遲，聆教實太晚，

倉促二三面，怎及千萬言。

一別師長面，爾來百餘天，

朗音猶在耳，慈容如眼前。

心常懷舊地，夢不離鼓泉，

春山已皺老，秋水也望穿。

關山隔千重，何以話詩篇。

天地各一方，怎盡肺腑言。

感師恩義重，贈屏又寄函。

恰如及時雨，灑在旱苗間。

孤獨小樓中，平地起高山。

寂寞庭院內，忽成春滿園。
玲瓏西湖境，浩瀚太湖水。
不及高師筆，殺盡美江南。

我自經世道，國北又國南。
風雨蕭殺中，崢嶸三十年。
人生多險夷，勝敗豈能免，
茫茫乾坤內，愈走路愈艱。
花潔難尋偶，況乃離群雁。
滔滔南國中，幾人共心弦。

世路多艱辛，人情險惡間。
雨打芳蘭折，日暮鳥雀喧。
生死等鴻毛，矢志不偏移。
眼見朔風起，天地忽轉寒。

筆硯已荒疏，琴書久不理，
喜遇故舊訪，暢敘肺腑言。

今我竟何緣，常年臥青山，
青山多危岌，風雨交夾間。
羈鳥戀舊林，楚客思故園，
盟鷗同一飲，西窗燭光剪。
今蒙師長恩，高義重如山，
賜我有靈犀，一點通心間。

志道原為一，把晤實太晚。
浮雲遊已醉，願拜古松前。
相逢即為樂，別離常惦念。
不是偏愛老，高義摧忠肺。
傲世須同氣，結情必有緣，
滔滔八十語，非師豈敢言。

一九七七年

自　憐

窘步長涉死不前，唱酬無機覓明賢。

縱橫正有凌雲氣，俯仰他人也自憐。

夜登靈谷寺九重

腳踏龍虎地，身入白雲中，
千古餘一寺，吳地播勝名。
雖非曠達士，也來登九重。
頓覺出凡骨，離世增仙風。

仰首撫孤月，揮臂摘七星，
瑤台疑有語，河漢流無聲。
放目天地闊，雲水煙朦朧。
故鄉知何去，金陵碧海中。

觸景即懷舊，攜手少元東，
昔是頡頏飛，今成孤鶴鳴。
雖有蒲草輩，倒伏皆隨風。
何似靈谷姿，高標跨蒼穹。

浪淘沙・呈南陽孔趙二翁

　　孔趙二衰翁，歷遍窮通。一為華佗一淵明。若使當時身不遇，老了英雄。遊子偶相逢，風起雲湧。佳樂只在談笑中。始自今日百年後，誰與此同？

一九七八年

將赴中州，臨行題贈南陽諸賢

浩歌一曲大江東，尋真何懼路千重。

有限朋交嗟勁草，無多骨肉悵寒蓬。

嘔心作詩斥鬼虜，瀝膽行吟會斷鴻。

九載血火相思裏，假寐醒時月正中。

春日感懷寄酬元東兄

龍虎醉別年已深，可堪大地又更新。

春樹暮雲思不盡，流水落花恨難禁。

扁舟分飄兩湖地，志士合營一處心。

驚聞瘴癘迫忠骨，一掬熱淚向靈均。

浪淘沙・看電視「四人幫」終審判決

直上碧雲霄，王張江姚。結幫十年誇夢好。柳眉狼煙競折腰，霹靂春曉。

赤旗舞狂飆，神州舜堯。恢恢法網終難逃。自古亂國讒口賊，不過爾曹。

西江月・為終審席上姚文元畫像

莫道飄零無用，逢時即可乘龍。非關「靈童」富魅功。全憑奉承得寵。

平地春雷驟起，「天朝」未立身崩。可憐十載苦經營，化作南柯一夢。

日遊蠡園

踽踽獨步園中遊，煙雨渺渺照水羞。

持筆思瀉千古恨，吟詩欲散百重愁。

失卻萬里鴻鵠志，愧煞七尺丈夫頭。

子胥白髮只一夜，我今憂患何日休。

山居雜詠二首

一

青山一松霜滋透，獨對閒草滿地愁。
何日恩露百花放，伸出一枝攀上頭。

二

備歷崎嶇志益堅，獨居山寺望月仙。
浮雲功名須臾事，靜對寒菊不計年。

忽　憶

日日讀書未出門，小樓弄墨到黃昏。
忽憶玉人凝眸處，咫尺天涯憂斷魂。

一九七九年

病居裕州答酬堂上雙親

和雲伴雨風滿天，浪裏孤舟病獨眠。

飛鴻忽驚客子夢，清淚一掬向惠泉。

鵬遊歌
——為紹祥叔君南遊而作

日曛曛而正暑兮，起臥龍於南陽。
路漫漫其修遠兮，行迢迢之翱翔。
乘長風而展懷兮，舟泛泛於楚江。
恣古今之山水兮，觀大國之風光。

憶江陵之黃鶴兮，跡杳杳而惆悵；
登廬山之險峰兮，曾刻影於石旁；
步採石之荒塚兮，頌千古之奇章；
攀青蓮之高閣兮，志翩翩而鷹揚。

訪金陵之古丘兮，月欲出而彷徨。
樹皎皎已成蔭兮，映輝輝之斜陽。
憶去路之崢嶸兮，披重重之風霜。
疚父職之未責兮，淚愴然而沾裳。

會盟鷗於崇陵兮，雲冪冪而無光。

去水鄉已周星兮，計南遷而北上。

林寂寂而松深兮，風淅淅而夜長。

魂迷漫於鍾山兮，身蹭蹬於長江。

慕先生之高風兮，似雲山之蒼蒼；

憐先生之放浪兮，隨上下而頡頏；

登中山之陵墓兮，勢巍巍而高昂；

攀靈谷之九重兮，叱蒼茫而舉觴；

遊玄湖之三洲兮，感六朝之興亡；

跨金陵之長虹兮，覽江水之泱泱；

弔雨花之忠魂兮，慨英靈之何方；

尋莫愁之遺蹤兮，賞芙蓉於畫廊。

備屈賈之坎坷兮，風陶李之異章。

凡遊閱而輒題兮，如珠玉之閃光。

詩蒼勁而中媚兮，筆雨驟而風狂。

棄富貴如浮雲兮，持孤芳以自賞。

興悠悠而無盡兮，地闊久而天長。

日調琴於高閣兮，夜秉燭於書房。

敘今日之樂會兮，開來日之弓張。

欲朝夕之遇合兮，必相期於夢鄉。

一九八〇年

讀陶斯亮「一封未發出的信」有感

一

有懷長不釋，把筆恨益深。

瘴癘逼忠骨，風日熔鐵筋。

苦讀成底事，高冠是何人？

不見三春去，落葉正紛紛。

二

一掬靈均淚，十載湘水文。

忠節悲老驥，甘澤布華林。

深心託毫素，懷抱論古今。

欲歸頻回首，風雨幾麒麟。

幽　思

記得那年進門來，雪白梅紅相對開。

如今梅雪全不見，空留幽思滿素懷。

答友人

閱盡世事顯老成，十載風霜歎飄零。

南浦秋深懷恩日。東歸春殘憶征程。

旌陽劍鋒今安在？為掃妖氛留清明。

翰章湖上多高士，不見當年下榻人。

一九八一年

偶　遇

粉痕微含一點紅，暗吐幽香小樓中。

疑是洛陽牡丹姿，閒雅自然對東風。

雨中楊花

楊花舞去已空枝，微雨卻來弄碧絲。

早是多情何棄我，一池風絮盡相思。

一九八二年

遊蓬萊仙閣

蓬萊仙境近煙臺，東海三山縹緲來。

忽見南國島上火，更思北邊城頭灰。

羊羔莫作畏天語，獅子應轟劈地雷。

太上老君心欲碎，堂堂華夏少仙才。

中州人文

中州唐代萃詩人，魏紫姚黃朵朵珍。

高適封丘心欲碎，少陵夔府苦沉吟。

義山蠟炬猶灑淚，長吉夢天亦銷魂。

傳語繆斯重抖擻，龍門洢水譜新音。

秋遊錫惠公園記感並贈穎南愛妻

映山湖

秋菊初蕾遊園林，傲霜離落心相印。

惠泉山秀映水清，怎如吾愛阿夢情。

寄暢園

寄意寄暢寓意深，心跡雙清攜手行。

樓閣湖石湘妃竹，似隔紅塵遇知音。

天下第二泉

二泉勝跡天下聞，涓涓細流出處深。

歷經滄桑悟世情，相濡以沫伴終生。

一九八四年

贈言愛妻二首

一

心心相印訴衷情，人間真情唯伉儷。

參透人生嚐百味，生無別兮死無離。

二

清茶淡飯足平安，旦夕相伴歲月寬。

記得夢裏常攜手，不問春暖與冬寒。

太湖風韻

誰寫太湖景？幽淡映翠微。

魚舟沙際出，楊柳雨中稀。

倚竹翻書坐，穿花載酒歸。

幾回相思處，清夢繞斜暉。

一九八五年

姑蘇懷古

也來吳都弔館娃，淒煙幾樹夕陽斜。

村翁不見當年事，新闢妝台又種瓜。

近水山莊寫照

溪水碧於草，潺潺花底流。

沙平堪濯足，水淺不勝舟。

浣紗朝與暮，釣魚春復秋。

興來從所適，還欲向瀛洲。

一九八六年

觀題高二適先生書法作品展

書畫名傳品類高，先生高出眾皮毛。

鄙人雖在皮毛類，一笑題句堪自豪。

夜宿西山野寺懷古

西山竹林何太清，野寺門前秋水明。

我今夜半自酌月，起舞長劍玉龍鳴。

一九八七年

南山紀遊

循跡追林下，南山有嘯台。

平春梅逝去，斜日鷺歸來。

坐定棋三局，吟遲酒一杯。

嗟哉劉子驥，值此亦徘徊。

一九八八年

仿更漏子・
痛悼家父病逝並示自強胞兄

情勢緊，函電頻，爭報父親病逝；

青山陵，小樓頂，四處起悲風，

紅日沉，明月墜，剎時一天黑，

風如刀，霜如劍，五內烈火焚。

弟妹血，一家淚，聲聲征人之悲；

慈父命，慈母心，陣陣遊子驚，

三春暉，寸草心，此恩何能報，

知是苦，知是累，欲哭已無淚。

雪上霜，霜上雪，緣何頻連我降；

生死界，長訣別，此痛何時竭，

千里外，寄胞兄，未語聲先咽，

同根生，手足情，與我長哀憐。

獨步蠶園長廊

淺淺秋水曲曲廊，欄干寸寸是迴腸。

多情杜宇纏綿月，縱改花蔭莫改香。

一九九〇年

人生餘墨

一生多艱幾星霜，知付弦音話短長。

漫說些許風雅事，戲留餘墨讀華章。

一九九一年

四十初度有思

時屆不惑猶如此，期頤百年已可知。

拂拭本來無一物，枯腸何必強搜詩。

一九九二年

夜宿江浦有懷

風吹竹枝晚蕭蕭，燈火漁村一望遙。

無計乘桴下東海，此生端作慚江潮。

一九九三年

解讀李義山〈錦瑟〉有感

解李猶如解杜難，相傳一脈善翻瀾。

玉溪隱語雲中月，錦瑟流聲霧裏彈。

良玉生煙豈可識，羚羊掛角自能探。

詩家心曲詩家證，豈讓後人隨意談。

一九九四年

村居偶見

村頭南面板橋西，紅了桃枝白了梨。

最是殷勤寒食雨，護花還下小揚溪。

一九九五年

題龍山東大池白沙泉

亂鶯啼破百花芽，炊煙幾樹井欄斜。

久廢詩書君莫笑，山中泉氣近來佳。

一九九六年

早春觀太湖萬頃堂

三月煙花二月風，湖天遙望玉盤空。

早知詩畫歸來好，不必吹蕭喚小紅。

讀義山詩史

寤寐縈之歲歲深，晨星寥落幾知音。
熟諳世味猶難辨，說到人情每滄洿。
報國文章遭鬼妒，奪門詩史濟時心。
而今大雅淪亡日，焚稿何妨更摔琴。

哭逝母

晴天雷霹靂火驟擊龍山，聞母逝唬得我魂飛魄散。
瞬即裏小樓頂天旋地轉，一腔血二目淚匯成河川。

三日裏治母病晝夜不眠，啼杜鵑聲聲淚哀鴻滿天。
風如刀霜如劍遊子腸斷，返舊居見逝母哭倒堂前。

哭一聲生身母命好悲慘，一世間困貧寒倍受熬煎。
為兒女經霜雨嘔心瀝血，別親人辭長世眠入黃泉。

母生我在塵寰四十餘年，飄南北走湖海遠在天邊。
生不能盡母孝枉為兒男，慘慈烏愧曾參怕對青天。

三春輝寸草心如何償還，思生母銜悲痛三到靈安。
黃土堆嚴密密將母遮掩，見慈母除非是夜深夢酣。

暮色深寸心亂對燈不眠，朦朧間似有手掀開窗簾。
影綽綽聲沉沉向我呼喚，莫不是生身母來到兒前。

陡起身急開窗向外攙扶，手握住搖擺擺梧桐枝寒。
三更裏冷風侵蓬萊夢遠，誰憐我思母心輾轉難安。

回身來抽一張慈母照片，水銀燈細端詳生前尊顏。

體巍巍端坐住笑容滿面，捧母照思生母淚流如泉。

猿聲哀風聲咽雨濕窗沿，母在西莫忘記兒在江南。

冥界裏深幽幽凡塵隔斷，望慈魂託遠夢時來探看。

一九九七年

重遊揚州有懷

依舊繁華廿四橋，維揚五月競龍飆。

數年疏柳成新陌，一路深鶯聽畫鞈。

鐘鼎輕肥奢巨賈，笙歌倚醉逐塵囂。

重來豆蔻休相問，紅藥如今舞斷腰。

題詠錫惠公園

煙花又近隔年期，行處名山畫筆題。
寧是園中風物改，未歸人在小城西。

五十初度

話到滄桑五十春，龍山書生筆如神。
如今我亦隨流俗，志業無成作真人。

一九九八年

賞梅園小金谷荷花池

風來池上藕初齊，淥水萍開草色萋。

可奈楊花吹不盡，將愁飛過小亭西。

遊名山古剎

自知不入少年群，隨伴登臨酒半醺。

古殿時聞落清梵，瑤階常見走紅裙。

倦來且坐千人石，興到平臨萬頃雲。

未得辭家為老衲，滾滾紅塵共殷勤。

一九九九年

宿馬山桃源山莊

前度劉郎又今來，數年心事總堪哀。

一泓水畔遲遲立，正是桃花帶雨開。

中秋賞月於惠山黃公澗

莫道衣寬酒味輕，興來還欲向山行。

聽泉岩下松聲細，玩月澗邊石氣清。

桂入秋衫香沁骨，雲起峰前雨滌塵。

從今騷句應休作，此心安處是吾生。

二〇〇〇年

過五里湖有感

未必晴湖好，柳綿飛復飛。

登樓雲樹密，入苑草亭稀。

花落憐才短，衣寬笑昨非。

舊朝遺野跡，惆悵獨吟歸。

重陽節登錫山龍光塔

從來勝跡地，九九又堪誇。

玉壁分波影，瓊台逗雨花。

人喧林鳥散，風動竹蔭斜。

值此呼雲鶴，登臨已忘家。

中秋夜感懷

佳節無歡趣，艱難獨倚斜。

晚風生寂寞，夜露下平沙。

市近歌舞好，年深酒味差。

沉吟思不盡，隨月到天涯。

二〇〇一年

輓王翼洲先生

昔年舊夢付寒灰，出乎其類竟早摧。

兩代風流悲薄命，一朝鋒露忌多才。

魂招北地幡三尺，淚掬南天土一坏。

素幔歸來作何事，論私已覺有餘哀。

中秋寓中孤吟

月高漏水夜沉沉，此是青天碧海心。
曾別驚鴻沈園柳，都來寒澈助孤吟。

寓中自況

文章久廢筆生瘝，舊事如夢入晚笳。
未學先賢閒種柳，已隨賓客醉看花。
坐思涼熱人間世，行吟饑寒百姓家。
寫盡秋山歸哪處，傷心為覓五湖槎。

錢塘村居抒懷

洲頭橘柚已低腰，去後劉郎又掛瓢。

洗筆荒江天近客，移燈冷案雁隨潮。

含愁月沒千山樹，帶雨花開一葉橈。

欲向煙波尋舊路，無邊水色入秋霄。

惠山二泉書院

寄暢園古宅，百花潭書院。

層軒皆面水，老樹飽經霜。

雲嶺界天外，錦城曛日黃。

可歎書香地，回首一茫茫。

贊玉溪生詩集

魏紫姚黃不易賞，清新含蓄費思量。

韓碑有感亦沉鬱，錦瑟無題偏諱藏。

崖蜜櫻桃疑虛實，靈龍彩鳳忽陰陽。

嵩山洛浦尋芳遍，千古玉溪四海香。

寫奉朱學勤先生兼示關寶、建明學兄

獨被恩深薦鶴毛，一襟風露意飄蕭。

愁因歲近憐夢短，喜到心清愧眼高。

玉樹生庭寒易種，梨花到戶凍難銷。

思將歸作蓴鱸計，好傍吾師學掛瓢。

初夏寓院詠竹詩二首

一

竹本生荒郊，移賞植院庭。

凌霄風淅淅，枝葉何青青。

興逸煙雨中，神閒入虛靜。

當窗挹其華，心目與之清。

二

本自出山嶺，梢雲聳百尋。

淒淒湘妃淚，粲粲露珠瑩。

蟠根一以固，乃與風雨爭。

無人賞高節，徒自抱貞心。

二〇〇三年

病癒筵中致友人

情好如兄弟，相遇屢拍肩。

昔日分旅食，今朝共盛筵。

笑盈春風面，愁生臘雪天。

開懷自放浪，不惜賣文錢。

疏鐘驚客枕，歸夢落長千。

小醉花月裏，大悟倚榻邊。

病來朋友重，老至哀別離。

悵望江天闊，病目淚潸潸。

小院獨苦吟

自闢庭院居寂岑，幽蘭修竹有清陰。

任他世囂煙塵滿，盡日杜門作苦吟。

二〇〇四年

寫莫愁湖之柳岸曛風

賞此湖畔柳，青青一望遙。

迎春先作態，入夏尚餘嬌。

雨過垂清陰，風吹拂碧霄。

新蟬鳴不歇，客思轉蕭條。

洞庭東山記遊二首

行過山邊又水邊，眼中非樹即寒泉。

囊琴相約無餘事，流水高山不在弦。

蕭蕭蘆荻滿江洲，淺渚平沙無限秋。

善心隨緣多情趣，此生苦樂是同儔。

無　題

不問世路艱，但覺煙嵐妙。

攜我孤桐琴，來彈普世調。

長鷗重伸翅，碧水映落照。

故人淡忘歸，兀立風蕭蕭。

居家雜詠三首

一

平生不羨沐猴冠，遺世吟夢一蒲團。

潑案茶香怡肝膽，滿腹詩情上眉端。

笑談時具賓朋樂，俯仰深知宇宙寬。

舉世囂囂我適靜，懷抱琴書作心觀。

二

閱盡春色敢息肩，此身灑脫似神仙。

案頭硯石能成玉，胸際池田可種蓮。

摘句填詞情自得，揮毫成詩韻尤妍。

老來伏櫪無他計，滿紙雲煙樂長天。

三

零星斷夢意何堪，總把前蹤仔細探。

風雨幾回思身外，樓臺不盡望兒男。

廿年相依容悲喜，一曲和鳴共苦甘。

誰遣秋光燦如霞，猿鶴無恙頌平安。

二〇〇五年

乙酉清明叩祭雙慈有思

登臨賦詩久已違，平生所學半塵埃。

塵囂不犯春光好，松風為奏陸沉哀。

數典益慚昆裔弱，思親尤覺悲中來。

豐碣蔥蘢似有語，忍聽慈魂話劫灰。

感慨良多懷不才，平生行跡自可哀。

嗟餘嶙峋此奇骨，剩卻末路兩行淚。

世事逆料生荊棘，富貴由來終土灰。

兀立蒼茫了無語，可有兒女奮袂來。

春日回鄉省親

永日承歡數卷書，閒舒倦眼背舊詩。

久作青山辭林鳥，萬傾煙波歸來遲。

乙酉清明祭慎公重讀「八十試筆」有感

何幸塵埃見此公，蒼涼閱世得窮通。

且置乘除天下事，泱泱九州起大風。

森森大木凜秋容，投老匡山第一峰。

應是天公憐寂寞，八旬放言警世鐘。

布衣書生

嘯傲公卿小書生，愛書愛友不愛名。
一觶魚米頗豐足，愧對萬家饑寒心。

悠閒白髮老書生，憂國憂民不憂貧。
男兒至死心如劍，待聽金雞斷續鳴。

致禮朱學勤先生

神交海曲識荊遲，請益朱門有新知。
文章知己千秋願，高標遺風濡心史。

平生淡泊醉三癡，一片孤心惟君知。
幸有琴書消歲晚，蓮霞山碧好吟詩。

二〇〇六年

追思顧准

幾番霜雪幾番尋，朗朗乾坤擔一身。

一朝離經行百步，廿年放逐飲千辛。

自折肋骨作火把，不化灰燼成真金。

金甌待補嗟無及，青史何遲辨愛憎。

哭祭林昭

無情天地恨難平，絕代奇才女兒身。

鬼域為宅鬼為鄰，血性文字血寫成。

已無多淚流知音，別有傷心哭英魂。

秋月夜闌不成寐，似聞人間斷腸聲。

六十自述

往事何須待細論，秦淮風月老殘身。

少時夢吟渾無著，入世離亂強自存。

良辰已逝跡成灰，舊遊零落黯傷神。

天亦憐才情似我，幾回淚下愧偷生。

文　章

文章寸心事，貴與道相知。
英雄誰千古？人才各一時。
寒花無俗豔，老樹有奇枝。
滿眼皆生意，天地任由之。

飄　泊

飄泊渺無定，故園有好春。
如何今夜月，還照未歸人。
客久我知老，愁多酒更親。
頻看人海內，事事類浮萍。

夕　陽

平生浪跡類飄蓬，六十自謂壯暮翁。

承平幸得一家安，妻賢子慧夕陽紅。

詩　興

莫嗟衰年詩興減，自問目殘心不殘。

清詞麗句苦追尋，滿紙雲煙春光燦。

二〇〇七年

天　驕

縱橫豪氣苦難消，詩禮家風未寂寥。

漸近書呆眼力退，稍持芳潔謗聲高。

年來襟期遙相映，歲事吟夢各自勞。

未就百年憲政業，錚錚此骨亦天驕。

奉呈故園親友

半生心事半世哀，十年冷落舊盟鷗。
未許閒情賦遠遊，淒然別有思鄉愁。

依稀風景斷人腸，極目湖天歎夕陽。
念茲滔滔秦淮水，閱盡人間幾滄桑。

移家別離傷心易，一時急淚落君前。
弦斷可續心難語，桑梓情深似昔年。

臥龍湖消夏

欲消長夏日，同飲臥龍泉。
樹翠含初雨，雲低結暮煙。
峰巔雙龍飛，湖畔一人眠。
不盡登臨意，歸兮已成仙。

詩史吟

清吟不覺老將至，五指寫來舊體詩。
不襲古人取其神，高標遺風錄心史。

秋曉思家

旅夜難成寐，起坐獨彷惶。
一夜寒霜下，滿庭落葉黃。
思家嫌夢短，臥榻覺更長。
徒有枕戈意，飄零情自傷。

晚年自況三首

茫然不省似水年，吟詩長歌在人間。

一業便須終日忙，百歲能得幾時閒。

將開仍合雲復雨，乍有忽無山外天。

殘生丘壑任自由，肯向廟堂送歡顏？

秋宵寂寂一燈殘，展卷已忘破曉寒。

無病尚嫌流涕苦，有身終覺自虐難。

得閒幸遇平生友，小聚窮追竟日歡。

時政近來無一可，莫談國事且加餐。

側身天地有所思，幾番劫難幾番死。

年華似水逝何疾，身世如萍不自恃。

羞以文章留濁世，敢將心事籲天知。

避秦只恐乾坤小，靜覓桃源歲已遲。

遊東郊明孝陵二首

得閒無端遊明陵，萬千血淚滋皇根。
濁世囂囂心無垢，竟日淹留夢有痕。

綠楊城郭半荒煙，風景已無舊日妍。
燕飛鶯啼非所戀，獨憐一人在林泉。

遙思友人三首

一寸相思一寸灰，離多聚少真堪哀。
天老地荒誰探問，待看南飛雁影來。

靜聽風聲伴雨聲，嗚嗚咽咽夢魂驚。
天涯遊子意何為？蓬飄萍寄百感生。

十年浪跡違君久，每睹梅花倍思君。

不喜權貴愛寒士，高情逸致自超群。

題毛氏紀念堂

亂世梟雄今已矣，山河重整人事非。

驚魂畏聽文革語，舊制依然揮赤旗。

吟夢心語三章

入世乏術苦吟夢，此身不計幾滄桑。
當年斗膽咒天語，回首都成烏有鄉。

陋室無多只二間，詩心爭比白雲閒。
莫愁得句無題處，卻有窗前一重山。

學人所重是精神，百歲千秋自在身。
不以文章駭流俗，惟將詩酒養天真。

幕府山仙人湖即景

四抱青山結草廬，幾行翠竹成屏扉。
慎隱已無分今古，客子安問魚兒肥。

筵間致友人三章

平生積學醉三癡，秉性依然我未除。
七尺男兒三尺劍，此情可追少年時。

酒酣同話少年事，風雨雞鳴憶故知。
清風明月台城下，與君相對共賦詩。

賣盡癡呆一卷詩，閱世相期讀明史。
安得樽前重抵掌，民生多艱臥榻遲。

登臨寶華山寺記遊

登臨即有感，慷慨作高歌。

山寺行人少，佛界精靈多。

蒼松愁獨立，溪水愛奔流。

逝者如斯耳，青山喚奈何。

網上瞻仰林昭、張志新塑像，
慨然有詩

千尋英華石崔巍，往來志士弔落暉。

絕代佳人蒙難去，只留冤魂不能歸。

贈邵建學兄

萍寄此間度殘生，滿目林泉景色新。

遠處樓臺巍若障，門前碧水喜為鄰。

市井有誰識高士？江湖容我作詩人。

尚擬一揮吟夢筆，書生襟懷本無垠。

奉呈藍英年先生

藍公意氣元龍豪，助我詩興凌煙霄。

談藝縱橫通今古，弦歌曲江觀碧濤。

文驚俗子貴千銖，才高學林閒評嘲。

憲政一夢可下筆，勝傾濁酒磊塊澆。

新春晨思

夢回身尚在天涯，每逢新歲心似麻。

方生方死疑無路，花開花落哪是家？

不圖仙逝勝長壽，但願涅槃發光華。

萬里遊塵何處寄，東西南北一丘沙。

二〇〇九年

己丑中秋尋訪故舊有感

久別我復歸，誰問禍福兮；

訪舊半為鬼，驚呼淚泗涕。

憶昔風和雨，縱論悲中喜。

一朝長別離，魂痕纏萬里。

諸生皆人傑，時艱命相繫；

洗夢歎飄零，看雲成散聚。

清秋添新淚，文章見古趣。

經此紅塵劫，餘生復何慮。

國慶六十年有所思

袖手看雲又一秋，百年共和添新愁。

縱有千難萬險情，憲政願景何日酬。

四顧蒼茫靡靡風，民心銷盡國魂空。

枯坐南窗賦詩吟，亙古男兒一放翁。

莫愁湖散曲

釵頭鳳‧晨練

朝起早，園林道，殘紅斷翠新枯草。春光逝，
秋光易，流光似水，期頤何年？練，練，練！

韶華好，人未老，多情莫作無情惱！輕歌起，
舞步麗，鶴髮童顏，別般滋味。嬉，嬉，嬉！

南樓令・夜闌

良夜靜如柔，花香一片幽。兩三星，悄上樓頭。綠葉鎖窗人盡散，曾相識，約還留。

碧空月如鉤，蘆笙似水流。一聲聲，吹送憂愁。若個倚欄聽欲醉，閒風細，玉宇和。

鷓鴣天・春光

一洗幽愁共舉觴，泛舟湖上醉詩鄉。邀來蘇辛添豪興，輕挽太白續舊狂。

思昨日，意茫茫，庸人自擾歎斜陽！眼前又見垂楊綠，夜雨新篁百丈長。

一斛珠・秋色

閒居水涯，過眼煙景渾無價。桂枝新蕾幽香灑。明月窺窗，竹影搖清夜。

小徑獨步衣袖窄。滿湖秋色誰能畫？翠微深處頤壽也。指點殘霞，且喜餘生暇。

揚州道中

天涯雲遊人，跋馬看春秋。

紅塵空促步，白髮漸臨頭。

倦矣迷蝴蝶，歸兮思莊周。

吟夢花月夜，悠然下揚州。

自題小像

四方求索苦行僧，素心全無趨小乘。

六十孤旅成獨往，一身沉痾冷於冰。

無　題

歸隱莫愁愁滿天，秦淮笙歌醉中眠。

今宵料有逍遙夢，秋水晚照泛畫船。

壯暮歌

朗朗乾坤，冰心一片；
壯暮之年，思緒萬千。
紅塵泉路，因緣際會；
榮枯哀樂，同歸寂滅。

閒讀史稿，掩卷欷歔；
睹其磅礴，會其文心。
哲士墨蹟，高賢文章；
恩渥之親，味之彌厚。

緬想先賢，慨然慕之；
修德至厚，積學亦深。
彼性曠奇，風標絕倫；
所論真率，時有妙得。

經師易得，人師難求；
我與聖賢，多以神遇。
通禪悟道，遊於大化；
磊落之氣，發乎肺腑。

我居塵壤，趨競未息；
身與強融，心欲遠之。
大鈞湯穆，人之微末；
靜志違俗，悠然自退。

智者若愚，仁者益壽；
青山漸老，紅葉堪留。
忍讓為貴，包容乃福；
勉吾德行，觀此右銘。

直道而行話平生

余生涯淡泊，而飄零既久，不無遊子之思。今寂寞人外，久居俗下，則山陽聞笛之賦，吟而涕下；梁汾寧古之書，見而情傷矣。所幸志有所托，日與湖山相揖，窮究天理，兼以詩翰淘寫寂寞也。此何謂？余曰：世間直道本艱辛，此心安處是仙鄉。

余生逢濁世，蹉跎六旬，熟誦史冊，默觀世事。襟懷宏遠，如河出伏流，牽濤怒吼：茫茫禹域，決決大風，誰為人豪，誰為奸雄？余遍視歷代飽學深思之士，獨立海天寥廓，吁嗟乎，丈夫志酬天下事，惟椎心泣血、斑斑跡跡，盡付遺世之夢幻矣！正可謂：憲政不立，國難未已。哀哉！

余之人生於不懈之追尋中悠然而逝。數十年間，余閱書數千卷，深感治學之艱；行路數萬里，深感造物之美；交友數百計，深感人性之詭。子貢曰：是以知人尚難，求人知己，不亦尤乎！故自題詞曲云：

　　莽乾坤，眼前何物，轉輾側身長繫。功德碑，紛紛攀倚，彪炳史冊談何易？試說梟雄，孫、蔣、毛、劉，一樣奔競無計。世無英雄，可憐青史，此事如何續記？亭台悲風，求仁得仁，總難有知遇。且放歌起舞，窮途慢生頹氣。憶當年，發憤食志，聊寫往來英烈，誰是愚蒙，誰為聖賢？而今全無意。只恍惚一夢，茫茫然無涯矣！

　　余生當斯世，位卑人微，然居心高曠。凡炎涼勢利，邪惡怪異，舉不足以入吾胸次。故生平不精文翰，而有詩情；不擅丹青，而有畫意；不出市廛，而有山林之氣。素日常於雅處與二三友人品茗度曲，剪燭談心。嘗彈冠自嘲曰：功名落空，富貴如夢，安置兩肩，眼笨舌拙，留汝何用？磊磊然一畸士妙人也。今行年六旬，童心尚存。才而若拙，慧而若癡，居市井而懷天下，以貧士而富鼎彝。渠不以功業學問見世，卻頗得遺世獨立之風標。於此世風頹敗，權貴霸道之際，閒雲遊走，風靜林中，雖不堪肩負時代鼎革之使命，卻埋首著述，以血淚之筆承傳人類文明之薪火。

如自題詩云：

　　　一卷冰雪文，兩行傷心淚；

　　　筆悍而膽怒，眼笨且舌拙。

　　　功不足以齒，名簿輕如煙。

　　　是惟梅山士，把臂與同嬉。

二〇一〇年

憂　世

盛事逢場未有終，南方洪澇北邊洶。

欲圖和諧已離譜，靜覓民聲總悲風。

四方鼎沸起烽煙，一劍龍吟唱大同。

眼前此景誰與共，江水悠悠思滿穹。

歐遊歸來二首

歐遊歸來未有詩，莫愁湖岸柳如絲。

酒酣浴罷渾無力，斜倚竹床午夢遲。

國計民生總關情，塵事浮華夢已醒。

幸得歐遊開廣眼，洗心滌慮一時清。

壯暮咄咄吟

雙目迷離本殘傷，強撐餘生盡餘觴。

湖上風光爭入眼，酒邊心事又迴腸。

閒中不廢蘇辛曲，醉後空吟李杜章。

年來別有飄零感，轉覺他鄉勝故鄉。

幾多白髮添愁緒，落葉有情終戀林。

開眼旋疑來日夢，養痾誰知壯暮心。

浩劫驚呼千古少，神州忍見百年沉。

辛酸曾不輟高吟，古調淒淒未逮今。

蒿目深諳世事艱，何曾夢裏才開顏。

乾坤一榻容安枕，風雨千家獨掩關。

青衫莫濕傷時淚，良藥難醫舉國頑。

別有情愫嫌酒薄，攬鏡休嗟鬢益斑。

偶讀梁任公詩文有感

讀罷梁文始釋懷，立憲舊事湧靈台。
閒尋故紙忘憂樂，細拾殘花驚輪迴。
凌雲慚無倚天劍，涉世空有拔地才。
百年京華道盛衰，思量彌覺蠟成灰。

著書早知憂患始，桑蠶情斷尚含絲。
欲將家國安磐石，肯把韶華歷險事。
玉石俱焚痛劇變，良言驚心誨後世。
自是高明遭鬼斥，今睹翰墨得真知。

清吟小調

筆自清閒格自高，風聲腕底總蕭蕭。

賈生盛世治安策，已從日出看衰兆。

漂泊者印象

幾人行路歎夕陽，落拓不羈嗜酒狂。

醉臥天涯鋪一卷，敢問前路在何方？

南窗聽雨

鴻雁歸時雨滔天，小院花木如水淹。
問君今有幾多愁，著我南窗聽雨眠。

莫愁湖尋幽

雨後空湖半白煙，園中處處有流泉。
因尋莫愁幽棲處，一聲蟬鳴一嗚咽。

秋夜思雙親泣而賦此三章

滇池梁溪蓬車回，追溯前塵百事哀。
歷劫有志傷訣別，每睹慈容心如摧。

瀟瀟秋雨恨連朝，湖畔孤鴻夜寂寥。
三更夢親關山黑，哀樂無端思如潮。

詩成應遣一時興，寫盡悲歡與離愁。
冷眼親閱傷心史，一詠一觴似水流。

雜感一律贈友人

別夢濃如飲苦茶，萬山重疊暮雲遮。
天涯海角三間屋，越尾吳頭兩地家。
夜雨秋湖心上漲，秦淮落日鬢邊斜。
乘桴擊楫皆無望，斷腕猶思斬毒蛇。

悼李普先生仙逝三章

又見三李弱一賢，五更悵望思聯翩。
湘水夢遠尋孤鶴，飄然遺世已成仙。

長歌當哭公歸西，況乃呼號覺群迷。
蒼生百煉亦難欺，終信河清會有期。

叩首普公古道腸，能將荊棘辟康莊。
杜宇聲聲啼京華，兵氣銷為日月光。

湖樓夕眺

詩酒文玩伴古董，安頓生涯在此中。
酒可消愁甚易醉，詩為言志不求同。
雲開好似疑團破，月潔真如悟境通。
吟夢樓外景如畫，待斂豪情付秋楓。

二〇一一年

秦淮夜話寄故舊

衷曲寄群賢，深深語萬千。
月潔寒似水，花瘦人亦憐。
抱琴懷古意，照鏡惜華年。
還將無限思，寫與梅花箋。

未有離群哀，寧知聚首歡。
相逢惟同醉，提筆問平安。
落日江亭暮，西風易水寒。
那堪重話舊，短歌續月圓。

小院芭蕉雨，聲聲動鄉情。
故園千里夢，陋室一燈明。
繁星已寥落，鄰笛轉淒清。
彼美知何處？腸斷石頭城。

莫愁湖四景雜詠

清晨

長亭臨水石橫斜，幾樹海棠半著花。

軟風香送離離草，一湖春水長魚蝦。

中午

出水芙蓉本色鮮，自喜新妝自裁剪。

愛蓮行前日當午，採枝荷葉半遮顏。

黃昏

落盡紅芳見綠蔭，煙水渺渺雨初晴。

亭中榴裙誰家女？唱得夕陽下遠迎。

子夜

海棠花發倚窗前，欲寄相思恨轉綿。

莫愁今夜明月好，朗照千里共嬋娟。

近事寄滬上諸友

安居金陵慰我思，書生悄悄抑何癡？
憑窗看畫原非畫，信筆題詩不為詩。
杞憂未解民生懸，國事依然政改遲。
搜腸未得一佳句，枯坐湖畔數柳絲。

歲暮寄騁兒

聞道滄桑年已深，幾番書寄費沉吟。
歲歲消息迷春夢，一紙何如抵萬金。

又睹神功鑄九州，忍將汗血沃城樓。
晚歲尚有治安興，浩蕩洪波肯倒流？

計拙青蠅鑽故紙，病多蠶尚吐新絲。
老眼青山閱世難，猶將煮字充饑遲。

暮秋感事奉呈朱學勤先生

投筆折腰兩未能，書齋革命寂如僧。

為有直腸喜臧否，因緣文字結良朋。

青山有約人何往，黃葉無言秋正深。

堪歎千轉百迴後，窺破世相紙一層。

春日登高得句

忙時只是羨人閒，閒日無聊稱我頑。

扶杖看花兼賞景，隨人穿徑又登山。

鬚眉何慮千莖白，肝膽尚餘一寸丹。

人笑浮生餘幾日？敢攀絕頂路千盤。

夜闌病目吟

勞筋累骨鬢毛斑，細字昏花守夜闌。

蛙聲喧鬧知春盡，樹影橫斜覺月寒。

愁心只有青燈伴，世態真宜白眼看。

敢望詩文能益世，一振雄風試倚欄。

春日偶成贈邵建君

幾許文字結因緣，說到民生意惘然。

客居生涯沉杯酒，布衣情懷哭蒼天。

梧桐影綽秋心健，楊柳枝頭春夢先。

颯颯西風吹疏竹，一窗詩思似雲煙。

六十四歲生日自壽四首

風塵六十猶堅持，多少甘辛我自知。
若論文章興廢事，半憑己力半逢時。

白頭紅塵且放歌，湖海歸來興悠悠。
雅居乃是高人宅，語驚四座卓見多。

尋芳不覺醉流霞，倚榻沉眠日已斜。
曲終夢醒費吟哦，老眼迷離看落花。

百尺梧桐半畝蔭，枝枝葉葉有秋心。
未報深恩總悵然，始知無言最含情。

致友人函文

報朱季海先生

季海先生尊鑒：

　　垂示殷殷，非才何幸！乃悲僕居塵壤中，身與強融而心欲遠之，斯言何異血針，先生之知我，至洞骨髓。因念年來蹤跡，飄蓬無止，為世網之下，苟全身首，雖在治世，縲紲何殊。每至夜深，讀書入靜，乃復捫心自省，覺是塵務經心趨競未息，固非素志所好也。養性全道之人所以遺世忘形，至今思之，榮枯哀樂，同歸於寂滅，信是至道。而我所以將頹然自逝，雖質性難苟，未合世心，而就中亦不無違世求安之志，宜乎先生一笑也。

　　先生中懷，僕深所感焉。所謂「憂時感事」者，亦情之常也。先生所憂，悼遲暮耳；先生所感，傷不遇耳。駿驥同乎牛駕，美玉埋於瓦礫，實一時之窘促，名播士林，聲流遐宇，更在異日。先生豈不聞賓虹老人稀壽九十方且變法，而吳昌碩乃四十學畫，高常侍五十學

詩，仲尼亦曰「五十以學易，可以無大過矣。」且壽夭在天，亦在自修，修德至厚，雖顏回不為夭，使賓虹微斯德，則雖千歲不永。先生所懷高遠，風標絕倫，正自功德無量，僕實崇仰。縱或時有不濟，得二三知己，休戚共之，詩酒忘之，聚則遊之，離則懷之。何如乎鳶馳鶩趨哉！屠龍技成，雖抱之以死，無憾也。

　　鄙人固陋，而觀文喜簡。今人為文每以屋內架屋，細故蒂芥輒行回包裹，味同嚼蠟。京人王某尤淫於斯，且恃以為能，而後學乃有爭習者以為時髦，矜誇辭藻，殆同賣瓜，蠹文甚矣。嗚呼，世風人心如此，是知大樸難於立名，而輕狂可驚世也，豎子稱雄，誠可哀哉！

　　先生之文章，不圖精進如斯，觀夫文氣，匪獨矯逸其勢，抑亦辭采清發，此則當世之希聲也。而今庸音糾錯任爾交擇，此不可不辨。鄙素訐直，不發不足以騁其性，陋見闇滯，拂之可矣。真可謂：大鈞湯穆，人之微末，唯道與齊，故居常可靜氣，何患得喪耶？誠如是，心實所甘，吾復何言！匆匆具此，言不能盡意，無乃甚逆先生之耳否！

明明頓首

癸酉五月十日

報朱季海先生

季海先生台鑒：

刻奉手教，先生之深意可見矣。昨於書肆購得陳子莊畫論一冊，及歸讀之，竟不忍釋卷，緬想其人，慨然慕之。自恨生晚，復傷其不壽，無緣一見耳。至誦其平生磊落不偶，乃掩卷欷歔，不能自已也。彼性曠奇，積學亦深，而畫境獨詣，常流不能夢到。又所論真率，時有妙得，自成精義，而品格古偉，卓然一家也。其性沖淡簡逸，吾以是高之，料他人觀不到此，惟先生與僕將有神解暗合者矣。

近來多觀畫展，其間雖略有可觀處，亦往往祇以技巧勝人，恃玩靈氣。若言及襟抱才情，差之遠甚。至於胸中學養，尤屬蛙蝦井轍，不足與論高下也。是知六合之內，書畫雖為薄技，以一夫之智窮之，猶不能到其萬一。即如賓虹之高（其所作多以神遇，故久讀不敗），亦惟一端而已。昔者徐青藤、米襄陽論書，非獨惜墨，

抑且意遠，而賓虹之散論，語亦閟簡，味之彌厚。噫，哲士墨蹟、高賢文章，睹陳跡猶承恩渥之親，是道之不朽也，諒非汲汲之輩敢望哉！

先生卓礫標峙，誠方中美範也。然以僕觀，未必能全道氣，何哉？傲不足以容俗，性又不能含垢藏瑕，是許由所以洗耳潁濱，夷齊所以饑餒首陽，皆出一轍也。大道無欲，無知無始，忘身忘親，高已！天下未有至是者。吾輩自沉於人偽久矣，通禪體道宜以上求之，斯乃為可矣。先生欲泊然遊於大化，與道污隆，於此宜有心得，以為然否？

頃來移居城西，使小軒接臨池沼園圃，每夜分雨歇，輒蛙聲入耳，小得園田之趣，庶少塵埃。莫不道人生如過隙，蹉跎之感積有日矣，遂乃深居簡出，靜志違俗，類可與道神馳耳。

錄俚句二則承笑，即乞教之！秋盡，謹自珍護，不宣。（詩略）

明明頓首

乙亥十二月四日

上程及先生

程及先生台鑒：

　　今秋先生榮歸故里，未及拜謁，不勝歉疚。承賢侄婿華念萱老師薦愛，不揣冒昧，致函先生並恭請福安。

　　昔時曾聞先生在錫滬兩地奮發圖強盛事，今又拜覽先生留存家鄉之彩畫精品，睹其磅礴，會其文心，景仰之情，實難言表。通過書畫可見先生情性有獨到之處，思慮深沉，氣度超凡，此皆具高深學養所致耳。

　　先生貫通中西文化藝術，且上達詩化意境，令人擊節三歎，殊為欽佩。鑒於以上種種，晚雖不才，亦願竭誠為先生作傳。以廣為介紹，俾使先生所摯愛的中國同胞得以瞭解並熟悉先生不同凡響的藝術思想和精湛造詣。

　　竊以為一個藝術家就是一個博大的世界。一個孜孜求索於藝術人格與審美人格者，更應有一部嚴肅而莊重的個人藝術生涯史。由此而映照出整個時代與世界藝壇

之燦爛。先生為飲譽世界之現代藝術大師，對此，晚敢竭鄙誠，惟仰先生俯允，惠我有關資料。則桑梓幸甚，江南幸甚，全國幸甚者也。

先生年逾八秩高齡，回顧、檢視過去人生藝術道路之軌跡，無論從理論或實踐上均極宏富。如加以整理和總結，庶可充實藝術寶庫，以啟迪後學，昭示未來。

先生為國人、為家鄉贏得了世界性的崇高榮譽。晚忝為故園鄉誼，理應為先生樹碑立傳。至於編寫這部傳記式的文學作品之成功與否，晚當勉力為之。屆時如蒙先生不棄，當面聆教誨，並依據先生年譜草擬綱目、計畫呈請先生垂察。

專此布達　即頌

藝安！

故園後學　涂明明敬啟

丁丑十二月廿八日

致朱學勤先生

學勤兄文席：

　　四日一別，倏忽已逾一周，而君翩翩儒雅之風采，猶宛然在目焉。古人云：人之相敬，貴在敬德；人之相知，貴乎知心。君德識高遠，耿介標峙，誠士林豪傑，學界之美範也。余凡二次晤君，幸以心交，且屢屢以內中困惑奉教。君誠信待我，不推人過，不棄淺陋，指點迷津，匡正歧義。此不特吾咨嗟遠慕，感銘五內矣。

　　近日重讀顧准遺文，緬想其一生遭際多艱，不禁血脈賁張，慨然仰之。掩卷沉思，吾以為大陸學界，惟顧准洵稱空世。其所思所作，蓋竊天火以自烹者也，故久讀不敗，愈參愈妙，所謂漸入漸無窮者。反觀今世文壇之怪行狀：榮寵位尊者未必能副其實。大抵塗抹駭世，洋腔俚調，恃弄靈性，堆砌符碼；且苟且取悅，以勢為傲，眾口囂囂，比周而友，是何鄙俗耶！其間一二格調

略清者，亦往往適性抒情作斗室之雅而已，惡得此恢弘廣廓之境哉？此乃良知襟抱使然，非才智之不逮也。

經師易得，人師難求。君心智澄澈，世事洞明，堪步寰中，時發他人所未見，含英咀華，卓識鋒出，極有創言。始知君平易包容，胸襟廣洽，所以江濤海浪生來腕底，亦洵非偶然。余生性剛直，少年憂國，意氣自雄，放達不拘，幾成狂疾。目今老至無能，惟以讀書賞畫為樂。藝道之間，審夫動靜之趨，以知韜顯之殊，即生即化，漸臻通達平和之境。

此次晤面，君來去匆促，人生種種情懷甘苦，信非一二言可盡者。何日執手，把酒臨風，與君暢敘衷曲！此祈為道珍護，尊夫人處一併問安，不宣。

弟明明啟

辛巳十月十日

致朱學勤先生

學勤兄撰席：

二月滬上訪君歸來，泊此已是四月。春老花盡，嘔心在素，不勝懷想殷盛矣。弟既久居俗下，自知菲薄，奔競心退，沖和日滋，處約守簡，含經味道，亦別有一番境地，仁智之樂，於茲分矣。然弟實不肖，雖劬力勤苦於學，奈中智下才，不能自悟。況與此雖謂有年，終是日淺，功夫事業，豈三五年可見端倪者。要須年深日久，或有所得，亦未可知。既境界未開，正宜潛心謹修之，此亦諸長者向所誨誡也。

隨函附上擬於集散成冊的詩稿數篇，尋章摘句，諒不足觀。君宅心寬厚、品格高偉、略無崖岸，是謂獎掖後進，無惜齒牙餘論為序品題者，斯則敝人之幸也。弟有內疾，恐不永壽，若失機緣，則塵草掩滅勢所不免。嗚呼！數十載孜孜澹泊生涯，一朝化為腐朽，其可悲也已。吾兄嘉善而旌能，願有以哀之。

今之吾也，出乎溝瀆，陷於榛莽，而志節清澈，不同下流，此亦所以差足慰心者也。況交遊日以廣，識見日以深，師友之愛日以厚，吾又何求固爭於世，逐味於庖廚之間焉！是以心性漸寧、胸臆略闊，雖在市郊，何妨乎空山之養！此大小之辨，人不解也。然嘗有友人曰：惟吾宜有入世之心出世之性，善哉斯言！

所寓離市稍遠，略得園田之趣，雖苟簡，足以容身自安。時下正氣候溫潤暖而未暑，弟敢請迎兄鶴駕，以臨草舍小住，梁溪湖上風光可頤心養壽矣。匆匆具此，不盡之意，唯囑為道謹自珍護。貴夫人處一併示過，祗候萬福！不宣

弟明明頓首

壬午四月五日

九竹齋記・致趙建華先生

　　春有草樹，山有煙霞，園有修竹，皆是造化自然，非設色之可擬，故賦之為齋。高軒憑欄，翠湖平堤，飛簷雕窗，竹影婆娑。或清賞，或品茗，文才藝才，一時俊才咸集，書道茶道，皆謂正道氣象耳。

　　在外者悅目，在內者賞心，在我者生意，三者相摩相磋，而興出焉。其時，金陵脈系，江左風流，無不興懷感物，流連酬唱。可謂求精微處致廣大，明妙理者方得行自由也。此番情理若與自家情趣無相入處，則物色只成閒遊，識者遑論及乎？

　　　　　　　　甲申中秋吟夢居主人　涂明明撰文

　　　　　　西元二〇〇四年九月南京九竹齋刊石

語言文學類　PG0707

吟夢詩存

作　　者 / 徐明明
責任編輯 / 黃姣潔
圖文排版 / 楊尚蓁
封面設計 / 蔡瑋中

發 行 人 / 宋政坤
法律顧問 / 毛國樑　律師
印製出版 / 秀威資訊科技股份有限公司
　　　　　114台北市內湖區瑞光路76巷65號1樓
　　　　　電話：+886-2-2796-3638　傳真：+886-2-2796-1377
　　　　　http://www.showwe.com.tw
劃撥帳號 / 19563868　戶名：秀威資訊科技股份有限公司
　　　　　讀者服務信箱：service@showwe.com.tw
展售門市 / 國家書店（松江門市）
　　　　　104台北市中山區松江路209號1樓
　　　　　電話：+886-2-2518-0207　傳真：+886-2-2518-0778
網路訂購 / 秀威網路書店：http://www.bodbooks.com.tw
　　　　　國家網路書店：http://www.govbooks.com.tw
圖書經銷 / 紅螞蟻圖書有限公司
　　　　　114台北市內湖區舊宗路二段121巷28、32號4樓
　　　　　電話：+886-2-2795-3656　傳真：+886-2-2795-4100

2012年3月BOD一版
定價：200元
版權所有　翻印必究
本書如有缺頁、破損或裝訂錯誤，請寄回更換

國家圖書館出版品預行編目

吟夢詩存 / 徐明明著. -- 一版. -- 臺北市：秀威資訊科
技, 2012. 03
　　面 ； 公分. -- (語言文學類 ; PG0707)
　BOD版
　ISBN 978-986-221-924-9(平裝)

851.486　　　　　　　　　　　　　101002109

讀者回函卡

感謝您購買本書，為提升服務品質，請填妥以下資料，將讀者回函卡直接寄回或傳真本公司，收到您的寶貴意見後，我們會收藏記錄及檢討，謝謝！如您需要了解本公司最新出版書目、購書優惠或企劃活動，歡迎您上網查詢或下載相關資料：http:// www.showwe.com.tw

您購買的書名：＿＿＿＿＿＿＿＿＿＿＿＿＿＿＿＿＿＿＿＿

出生日期：＿＿＿＿＿年＿＿＿＿＿月＿＿＿＿＿日

學歷：□高中 (含) 以下　　□大專　　□研究所 (含) 以上

職業：□製造業　□金融業　□資訊業　□軍警　□傳播業　□自由業
　　　□服務業　□公務員　□教職　　□學生　□家管　　□其它＿＿＿

購書地點：□網路書店　□實體書店　□書展　□郵購　□贈閱　□其他

您從何得知本書的消息？

　□網路書店　□實體書店　□網路搜尋　□電子報　□書訊　□雜誌
　□傳播媒體　□親友推薦　□網站推薦　□部落格　□其他＿＿＿＿＿

您對本書的評價：(請填代號　1.非常滿意　2.滿意　3.尚可　4.再改進)

　封面設計＿＿＿　版面編排＿＿＿　內容＿＿＿　文／譯筆＿＿＿　價格＿＿＿

讀完書後您覺得：

　□很有收穫　□有收穫　□收穫不多　□沒收穫

對我們的建議：＿＿＿＿＿＿＿＿＿＿＿＿＿＿＿＿＿＿＿＿

＿＿＿＿＿＿＿＿＿＿＿＿＿＿＿＿＿＿＿＿＿＿＿＿＿＿＿＿

＿＿＿＿＿＿＿＿＿＿＿＿＿＿＿＿＿＿＿＿＿＿＿＿＿＿＿＿

＿＿＿＿＿＿＿＿＿＿＿＿＿＿＿＿＿＿＿＿＿＿＿＿＿＿＿＿

11466
台北市內湖區瑞光路 76 巷 65 號 1 樓

秀威資訊科技股份有限公司 　　收

BOD 數位出版事業部

....

（請沿線對折寄回，謝謝！）

姓　　名：＿＿＿＿＿＿＿＿＿　年齡：＿＿＿＿　性別：□女　□男

郵遞區號：□□□□□

地　　址：＿＿＿＿＿＿＿＿＿＿＿＿＿＿＿＿＿＿＿＿＿

聯絡電話：(日) ＿＿＿＿＿＿＿＿＿　(夜) ＿＿＿＿＿＿＿＿＿

E-mail：＿＿＿＿＿＿＿＿＿＿＿＿＿＿＿＿＿＿＿＿＿